El béisbol nos salvó

Por **Ken Mochizuki**
Ilustrado por **Dom Lee**
Traducido por **Tomás González**

LEE & LOW BOOKS Inc. • *New York*

Para Issei y Nisei: guías,
héroes y ejemplo para todos — K.M.

Para Brian, Eun, Keunhee y todos los niños
aficionados al béisbol — D.L.

Printed in Hong Kong by South China Printing Co. (1988) Ltd.
Book Design by Christy Hale
Book Production by Our House
The text is set in Trump Medieval
The illustrations are rendered by applying encaustic beeswax on paper,
then scratching out images, and finally adding oil paint for color.

10 9 8 7 6 5 4 3 2 1
First Edition

Library of Congress Cataloging-in-Publication Data
Mochizuki, Ken
[Baseball saved us. Spanish]
El béisbol nos salvó/por Ken Mochizuki; ilustraciones de Dom Lee;
traducido por Tomás González.
p.   cm.
ISBN 1-880000-22-9 (pbk.)
1. Japanese Americans—Evacuation and relocation, 1942-1945—Juvenile
fiction. [1. Japanese Americans—Evacuation and relocation, 1942-1945—
Fiction. 2. World War, 1939-1945—United States—Fiction. 3.
Baseball—Fiction. 4. Prejudices—Fiction. 5. Spanish language materi-
als.] I. Lee, Dom, ill. II. Title.
PZ73.M615 1995   94-32517   CIP AC

NOTA DEL AUTOR

En 1942, durante la guerra con Japón, el ejército de Estados Unidos internó a las personas de origen japonés que vivían en la costa oeste del país en campos situados en medio del desierto, donde permanecieron hasta 1945. Según el gobierno norteamericano, no se sabía cuál de ellas podía serle leal a Japón. Jamás pudo comprobarse, sin embargo, que alguno de aquellos inmigrantes—o sus hijos, que eran ciudadanos norteamericanos—hubiera representado un peligro para la seguridad de Estados Unidos durante la Segunda Guerra Mundial. En 1988, el gobierno admitió su error.

Un día mi padre, mientras contemplaba el desierto interminable, decidió construir un campo de béisbol.

Dijo que la gente del Campo necesitaba algo en qué ocuparse. El nuestro no era un campo divertido, como un campamento de verano o algo así. Quedaba lejos de todo y de todos, y estábamos tras una cerca de alambre de púas. Soldados armados nos mantenían allí, y el hombre en la torre observaba todo lo que hacíamos, no importaba dónde estuviéramos.

Mi padre empezó a caminar sobre la tierra seca y agrietada. Yo le pregunté una vez más por qué estábamos allí.

—Porque Estados Unidos está en guerra con Japón y el gobierno desconfía de los japoneses que viven en este país—dijo. —Pero es injusto. ¡También nosotros somos norteamericanos!

Entonces hizo una marca en la tierra y musitó algo sobre dónde debería colocar las bases.

Antes de llegar al Campo, cuando todavía estaba en el colegio, yo era el menor y más bajo de estatura de todos los niños. Siempre me escogían de último cuando se formaban los equipos para cualquier partido. Después, hace algunos meses, las cosas empeoraron. Los niños empezaron a insultarme y nadie conversaba conmigo, a pesar de que yo no había hecho nada malo. Por esos días la radio no paraba de hablar de un sitio lejano llamado Pearl Harbor.

Un día papá y mamá vinieron y me sacaron del colegio. Mamá lloraba mucho, pues tuvimos que dejar la casa a toda prisa y abandonar muchas de nuestras cosas. Un autobús nos llevó a un sitio donde nos tocó vivir en caballerizas. Allí estuvimos por un tiempo y después nos trajeron aquí.

El Campo no se parecía a nuestra casa en nada. Hacía mucho calor de día y frío de noche. Cuando se desataban tormentas de arena, no se podía ver nada. A veces las tormentas nos sorprendían afuera, haciendo cola para comer o para ir al baño. Y había que entrar al baño con todo el mundo, no uno por uno, como en casa.

También teníamos que comer con todo el mundo, pero mi hermano mayor, Teddy, comía con su propio grupo de amigos. Vivíamos con mucha gente en barracas. El lugar era pequeño, no tenía paredes y los bebés lloraban por la noche y nos mantenían despiertos.

Antes, cuando estábamos en casa, los mayores se la pasaban siempre atareados, trabajando. Ahora lo único que hacían era quedarse de pie o sentarse por ahí. Una vez papá le pidió a Teddy que le alcanzara un vaso de agua.

—Tráigalo usted mismo —dijo Teddy.

—¿Qué dijiste? —replicó papá.

Los señores mayores se pusieron de pie y señalaron a Teddy con el dedo.

—¡Cómo te atreves a hablarle así a tu padre! —gritó uno de ellos.

Teddy se puso de pie, le dio un puntapié al cajón donde había estado sentado y se marchó. Yo nunca había oído a Teddy hablarle así a papá.

Fue entonces cuando mi padre comprendió lo importante que sería para nosotros el béisbol. Conseguimos palas y empezamos a limpiar de malezas un terreno grande que había cerca a las barracas. El hombre en la torre nos vigilaba todo el tiempo. Muy pronto otros padres y sus hijos empezaron a ayudarnos.

No teníamos nada de lo que se necesita para jugar al béisbol, pero los mayores eran muy listos. Encauzaron el agua desde las zanjas de irrigación e inundaron lo que iba a ser el campo. El agua apisonó y endureció el polvo. No había árboles, pero se las arreglaron para encontrar madera y construyeron las graderías. Nuestros antiguos vecinos y amigos nos enviaron bates, pelotas y guantes en sacos de tela. Mi mamá y las otras madres le quitaron el forro a los colchones e hicieron los uniformes. Parecían casi como los de verdad.

Empecé a jugar, pero no lo hacía muy bien, que digamos. Papá dijo que sólo me faltaba ponerle más empeño. Yo sabía, sin embargo, que jugar aquí era un poco más fácil que en la escuela, pues la mayoría de los niños eran de mi estatura.

El hombre en la torre siempre me observaba entrenar. Seguramente veía a los otros niños haciéndome pasar apuros y pensaba que yo nunca aprendería. Como sabía que él me miraba, yo trataba de hacerlo cada vez mejor.

Ahora había partidos de béisbol en todo momento. Los mayores jugaban y también los chicos. Yo jugaba en segunda base, pues los de mi equipo decían que era la posición más fácil. Cada vez que yo estaba al bate, el campocorto contrario empezaba a hacer chistes y se colocaba bien cerca. Detrás de mí, el receptor y los fanáticos del equipo contrario decían:

—¡Éste se poncha fácil!

Y yo casi siempre me ponchaba, aunque de vez en cuando conectaba un sencillo.

Entonces llegó uno de los últimos juegos del año, decisivo para el campeonato. Estábamos en la segunda mitad de la novena entrada y el equipo contrario ganaba 3 a 2. Teníamos un hombre en segunda y dos fuera de juego.

Me hicieron dos lanzamientos, traté de darles con el bate, pero fallé. Sabía que nuestro hombre en segunda estaba rogando que por lo menos conectara un sencillo, para que viniera a batear alguien mejor. El público cada vez gritaba más:

—¡Tú puedes!

—¡Pónchalo!

—¡No sabe batear! ¡No sabe batear!

Miré hacia la torre que estaba detrás del campo izquierdo y vi al guardia apoyado en la baranda. El sol del desierto destellaba en sus gafas oscuras. Siempre estaba vigilando, siempre mirando. De repente sentí rabia.

Agarré el bate con más fuerza y me coloqué en posición para batear. Iba a enviar la pelota más allá de la torre del guardia, aunque me costara la vida. Todo el mundo guardó silencio y el lanzador tiró la pelota.

Apoyé firmemente la pierna y bateé con toda mi fuerza. Nunca había sentido un golpe como aquel. La pelota se fue aún más lejos de lo que yo esperaba.

Mientras corría a primera base pude verla, alta, contra el fuerte sol del desierto. Pasaba sobre la cabeza del jardinero izquierdo.

Volé por las bases, seguro de que me iban a dejar fuera. Pero no me importó. Corrí lo más rápido que pude para llegar a la base meta y ni siquiera me di cuenta de que ya la había pasado.

Cuando menos pensé estaba en el aire, sobre los hombros de mis compañeros. Miré a la torre y el guardia, sonriendo, me hizo la señal de la victoria.

Sin embargo, aquello no significó que los problemas se hubieran acabado. Después de la guerra dejamos el Campo y regresamos a casa, pero las cosas siguieron mal. Nadie nos hablaba en la calle y a mí nadie me hablaba en la escuela. La mayoría de mis amigos del Campo habían regresado a otros lugares y a la hora de almorzar me sentaba siempre solo.

Entonces comenzó la temporada de béisbol. Otra vez yo era el de más baja estatura en el equipo, pero en el Campo me había convertido en un buen jugador. Los otros chicos se dieron cuenta y aunque me empezaron a llamar "Pulga", no lo hacían con mala intención.

Para el primer partido ya casi había empezado a sentirme parte del equipo. En el autobús todos bromeábamos y nos reíamos. Pero cuando llegamos, de golpe me di cuenta de algo: nadie, ni en mi equipo, ni en el equipo contrario, ni siquiera en el público, lucía como yo.

Cuando entramos al campo, me temblaban las manos. Me parecía que todos los ojos estaban clavados en mí, esperando que cometiera errores. Dejé caer una pelota que me lanzaron y oí voces entre el público que gritaban: "¡Japonés!" Desde los días anteriores al Campo no había oído esa palabra: quería decir que me odiaban.

Bateaba mi equipo y yo era el próximo al bate. No quería salir. Pensé en hacerme el enfermo y así no tener que terminar el juego, pero sabía que eso sería peor, pues en la escuela se burlarían de mí por cobarde. Y también me dirían aquella terrible palabra.

Cuando salí a batear, el público gritaba:

—¡El japonés no sirve! ¡Se poncha fácil!

Oí risas. Traté de batear la pelota dos veces, pero fallé. El público vociferaba cada vez que yo fallaba, ahogando la voz de mis compañeros de equipo, que gritaban:

—¡Vamos, Pulga, tú puedes!

Me salí de la posición de bateo para recuperar el aliento.

Me coloqué de nuevo en posición y miré al lanzador. El sol brillaba en sus gafas, como había brillado en las del guardia en la torre. Nos miramos fijamente. Dejé de oír el ruido a mi alrededor y me preparé para batear. El lanzador levantó la pierna, tomó impulso y lanzó la pelota.

Bateé, sentí otra vez aquel firme golpazo y vi la pelota en el aire, contra el cielo azul y entre las pequeñas nubes algodonosas.

Parecía que pasaría por encima de la cerca.